메신저

지연희

일곱
번째
시집

초판 발행 2016년 9월 30일
지은이 지연희
펴낸이 안창현 **펴낸곳** 코드미디어
북 디자인 Micky Ahn
교정 교열 백이랑
등록 2001년 3월 7일
등록번호 제 25100-2001-5호
주소 서울시 은평구 갈현로 318-1 1층
전화 02-6326-1402 **팩스** 02-388-1302
전자우편 codmedia@codmedia.com

ISBN 979-11-86104-42-2 03810

정가 10,000원

메신저

지연희 지음

Chi youne hee

Illustrated by 노태숙

천형의 죄인으로
수감되어 복역 중이다
현미경 속에 비추어진
거부할 수 없는 내가 숨 쉬고 있는 백지 위의
집,
언어 위에 접사된 내 영혼의 조각들을
사랑하기에 감당하고 있다.
'메신저'
이름 하나를 빌어 대문에 걸고
시간 위에 부치는 가을 편지

지연희

contents

01 —

우두커니

단비 — 02

contents

03 ―　　　　　　　　　　울림

햇살의 통로 — 04

contents

05 —   반란

마음을 준다는 것은 무엇일까
가슴을 열어 손 데일 듯 뜨거운 입김 하나씩 건네주는 일

메신저

다 썩어 뭉개진 검은 짚더미처럼
어렴풋한 남자가 허공을 보며 앉아 있다
앙상한 검푸른 얼굴이
견고하게 그려 놓은 말씀의 철학
'오고 가는 길이라네'
묵묵히 어두운 그늘 한 조각 그려주는데
그의 철학에 화답하며 왈칵 쏟아지는 눈물,
지폐 한 장 짧은 요기의 징검다리로 건넨다
'고맙습니다'
바람이 먼저 받아가는 음표
허공에 걸려 흔들리고 있다
남자는 하늘을 바라보며 눈을 감았다 뜬다
'지금 가고 있어요'
메시지를 전송하는가 보다

더 마를 데 없는 검은 앙상한 남자가
곧 스러지려나 보다

순筍 1
-묵은 고구마 속에서-

툭 툭 툭

어미의 육피肉皮를 뚫고 솟아오른 생명

여기 불쑥 저기 불쑥 출산의 진통이 탱탱하다

흥건하게 젖어 흐르는 양수 사이로

기진한 어미의 의식을 헤집고

얼굴을 비추어낸 순筍

가느다란 뿌리가 야물다

저 아득한 생명의 근원으로부터 등에 지고 온

젖줄을 향한 뒤뚱거림

맹독성의 갈증이

맹수처럼 후각을 열고 있다

두리번거리는

매 순간 촉수를 키우는 두근거림, 생명의

숨으로 닿는 길은 대문 밖 텃밭

가슴앓이 하나 풀어내리는

뻐근하게 팔을 뻗는

순筍

순筍 2

검은 비닐 속
잊혀진 시간에 감긴 감자 한 알
팔순 할머니 쪼그라든 아미의 주름살이다
그녀의 얼룩진 가슴으로 다독여 새겨온 생명줄 웅크린
작은 씨눈들이 허술한 몸의 귀퉁이에 모여
생의 마지막 달음질로 뾰족, 뾰족거린다
제 살을 버려 키우는 생명의 순筍
생육이란 겨우 피육皮肉에 의지할 뿐인 것

얇은 접시 위에 물 한 모금 올리고 내려놓았다
등 푸른 바다 위에서 기력을 잃은 씨눈이 유영을 시작한다
순하디순한 더듬이로
꽃의 후손들이 뿌리를 뻗기 시작하고
어느새
실한 줄기의 잎새들 푸른 파도로 출렁거린다
태양의 신이 달구어낸
꽃잎 하나 키워낼 모양이다

저
반짝임

웅성거림

영혼을 키우는

열망

겨울 앞에서
-겨울 냉이-

휘몰아치는 대한의 한파 속에서도
마른 잎 가지런히 몸에 붙여 펼쳐 놓았다
지표면의 두께가 버들잎에 이는 바람보다 가벼워
뿌리에 닿는 결빙結氷의 옷 겨울 잎줄기를 펴 덮으면
장작불 지핀 아랫목처럼 어깨를 펴는, 뿌리가 훈훈하다
손끝에 닿아 쩍쩍 달라붙는 지상의 한기
검불 같은 몸으로 막아서는 혼신의 어머니
설원을 지나 초원에 닿기 위한 초인의 넋이다
'조금만 참고 일어나 파랗게 돋아 올려라 내 생명이여'
조각난 햇살 햇살들 가지런히 끌어모으는 일념,
해묵도록 넝마로 얼어붙는 조바심의 겨울 잎
봄으로 가는 길목 다독이고 있다

십이월 손이 시린 한낮 햇살이 겨울냉이 잎 중심으로
모여든다

북극의 눈물

굉음을 지르며
제 살점을 베어내는 빙벽
목젖까지 차오른 닫힌 언어들이
쩍쩍 가슴을 절개하고
소리를 잃은 울음이
그린란드 암흑의 빙하를 흐른다
얼어붙은 육신의 껍질 하나로
남길 수 있는 건 무엇일까
온통 어둠 위에 떠다니는
창백한 슬픔의 조각
툰드라의 눈물
뿌리 내리지 못한 설움의 가닥들이
순명의 궤적을 신고 흐른다

쿵,

쿵,

쿵,

동강 난 얼음강 위에
젖은 눈망울로 서 있는
북극곰 한 마리

곡조曲調

장마는 하루 종일 양 손에 그리움의 문을 들고 있다
번쩍이다가 고함을 지르다가
목젖까지 차오르는 숨 잠시 고르며
무수한 고뇌의 파편을 쥐고
유리창 밖 길 찾기를 한다
이제 막 뻗어난 여린 손끝으로 등나무는
이슬 눈망울 물고 있는데
잠깐의 폭풍 물러선 추녀 밑 전깃줄에 앉은 참새들
무심히 불어대는 바람을 건너뛰며
오선지를 긋고 있다
퐁퐁 뛰어오르다가
퐁퐁 내려앉다가
빗줄기의 리듬을 짓는다
물방울의 집 지어 저 바다로 흘러가는
강물의 곡조曲調

내 남은 생의 노래는 여름 오후의
소나타

베토벤 교향곡 5번

한낮 동네 한 바퀴 어슬렁거림으로 걷는데
머리는 하나로 높이 감아 핀 꽂아 올리고
가벼운 옷차림으로 손지갑 하나 들고 걷는데
가슴 밑바닥까지 퍼붓는 소리의 화살촉
흠뻑 젖어보라 한다, 빈틈없이 뛰어들어간
제과점 하얀 풍차 추녀 밑에 서서 손바닥을 내어 떨어지는
떨어져 흘러내리는 가쁜 맥박의 파편을 쥐고 있는데
사라져 버린다, 서서히
손바닥에 스며들어 보이지 않는 물줄기의 세포
짧은 역사가 우렁찬 함성으로 시작한 한 생의 전부가
손가락 사이로 흔적을 감추고 없다,

다시 쏟아지는 장대비
꽝꽝꽝 닫힌 문이 열리고, 문틈사이로 스며드는
햇살의 무늬

하루

저문 하루를 종이 위에 앉히다가
가만히 손바닥을 펴 본다
분주했던 시간의 파편, 손금이
손바닥 가득 실금을 긋고 있다
얽히고설킨 실타래처럼
생의 조각들이 수놓아진 손바닥
어제는 무슨 일들이 모여 이 질곡의 금을 그려 놓았는지
오늘은 또 어떤 일들이 삶의 끈을 연결하고 있는지
이 나이에도 나는 내 生의 고단을 내려놓지 못하고
안절부절 등에 지고 있다
최소한 내 영혼이 육신에서 육탈되어
바람 다 빠진 고무풍선처럼 마음이
제 스스로 거죽만 남은 육신에서 주저앉을 때까지
지키려는 모양이다

질긴 고뇌의 실금들
손바닥에서 빠져나가지 못하는
가엾은 뫼비우스띠의 흔적

절대일몰

상하이 죽림공원
일렬 횡대로 늘어선 나무벤치 위
마른 낙엽 비스듬히 고개 숙이고 있다
손끝만 닿아도 바스라 질 듯 가벼운 길
댓잎을 지나 4시 방향으로 쏟아지는
별빛 같은 햇살이 숙인 노인의 이마 위에
겨울비처럼 떨어진다
손등에 묻은 시간으로 저당한 한 생의 말미가
달큰하게 젖어드는 오수午睡
욕망도 절망도 온전히 빠져나간
뼈대 앙상한 절대일몰,
한 치도 거부할 수 없는 극기의 고요가
강물처럼 흐르고 있다

한 무리의 해 그림자
텅 빈 침묵의 껍질 속으로 스며들고 있다

통로

4층 하수도 출입구
통로를 기어 나온 살갗 헤진
연체동물 한 마리 죽은 듯이 누워있다
엷은 미동인가 싶더니 맥없이 주저앉고 만다
칠흑 같은 어둠의 벽 부르튼 손으로 움켜쥐고
안간힘의 폭풍우 헤쳐 에베레스트에 닿은
물길 소리 붉다
추락하고- 미끄러지고- 넘어지고
의지할 등뼈 하나 없이 저물어 가는 어스름
스며든 어깻죽지에 묻은 울렁거림
어둔 비가 부슬부슬 다독이고 있다.
조금씩 깊어가는 눈물, 조금씩 잠기는
한 생이 순간을 쥐고 통로를 빠져나간다
평생을 기어오른 폭풍의 동굴 속으로
흔적 없이 쓸려나간 사람 하나

4층 하수도 출입구
발자국이 춥다

저녁 무렵

어스름 허공에 가득하네
수만 수억만 헤일 수 없는 미세한 생명의 포자들
고층빌딩, 숲 사이 검푸른 잎새의 세포들 마시네
골프연습장, 우리가 앉은 카페 야외 테이블 카푸치노 찻잔에
점령군의 젖은 발길로 빈틈없이 조여 오네
숨이 막힌 빛이란 빛은 스르르 눈이 감기네
깃발을 나부끼며 밤의 문 열리네
문득 실금으로 헤어진 가슴 감싸 안으며
불쑥 불쑥 등 밝히는 저 어머니의 가냘픈 등 토닥임
사위는 밤바다로 철렁이기 시작했네
얼룩진 낮의 흔적이 맥없이 사라지고
하늘과 땅의 경계를 지우는
견고한 어둠

빛을 마시는 마법사의 동굴
수장되고 마네

허공 하나

5층 세면장 세탁기 옆 곤충 한 마리
팽팽히 줄을 당겨 원형의 그물망을 짜 집을 지어 놓고
대문쯤일까 앉아 숨죽이고 있다
남사당놀이패의 어름사니처럼 외줄타기로 앉아
하루 내 목줄을 내어놓고
기다림이라는 글씨만 짠다
모기 한 마리 날지 않는 한여름 내내
파리 한 마리 기척 없는 한여름 내내
그의 글씨는 빗물에 씻기는 잉크물처럼
하얗게 지워져 흔적뿐이다
다만, 긴 시간의 파편들이
앙상한 그의 몰골 위에 스며들 때면
한 줄기 오후 햇살이 차임벨처럼 꽃잎으로 내리고
어쩌다 세면대에서 뿌려진 물방울이
이슬이 되어 목을 축인다

순명의 기다림
손가락 끝으로 건드리기 무섭게
소스라치며 일어서는
허공 하나

런닝머신

땀방울이 등줄기를 흐른다 나팔꽃 향내 나는 사람의 가슴 메모리카드가 문을 열고 심장의 박동이 시작된다 하루 내내 위로가 되는 땀방울, 등줄기에서 미끄럼을 타듯 흘러내린다 앗차! 등의 중심을 흐르다가 머뭇거리는 땀방울, 삐걱거리는 지구, 이게 아닌데 두 손을 쥐고 안간힘이다 거미줄처럼 연결된 흐름을 멈춰 세우고 어디로 갈 것인가 길을 묻는데 런닝머신 페달이 런닝화의 무게를 가볍게 받아준다 호흡을 가다듬고 정해진 시간 위를 뛰는 땀방울

한낮의 소나기
등줄기 깊이 쏟아져 고인 강물

불면 不眠

침상의 기온이 묵직하게 내려앉는다 또렷한 밤 부엉이의 눈
0시

시간의 문에 매달려 칠흑의 장막 속에 쏘아 올려진 폭죽처럼
불을 밝히는 意識
0시 30분

밟고 지나간 시간들이 소소히 걸어 나와 북을 치기 시작한다
뒤척이며
------1시 30분

째깍거리던 초침이 저속 페달을 밟기 시작하고 좌우로 반복하
여 뒤척이는 몸
-------------2시 30분

거듭거듭 밟혀 해어진 시간들이 경마장까지 뛰어나와 멱살을
잡고 있다 다시 북소리가 산울림이다
-------------------3시 30분

굳건히 잠긴 시간의 문을 잡고 몰려든 누리꾼들, 소란스런 시

간의 문 앞에 쓰러진 시간의 파편 발 디딜 수 없이 무너지는 몸
　　　ーーーーーーーーーーーーーーーーーーーーーーー4시 30분

　찬연한 여명을 잉태한 시간이 서서히 창밖에서 스며들고 칠
흑의 장막이 찢기고 있다
　　　ーーーーーーーーーーーーーーーーーーーーーーーーーー새소리가 맑다

우두커니

책장 옆 허리에
연체동물 허물 벗듯 껍질 벗겨진
살갗 하얀 지팡이 하나 서 있다
몇 번의 곡선을 넘어온 바람의 흔적을 세워
비로소 꼿꼿이 허리를 편다
이른 아침에서 저녁 늦도록 잰걸음을 걸어야하는
개미의 단단한 무릎이거나
평생 가지며 잎의 무게를 받들어야 할
나무의 굵은 뿌리이거나
시냇물에 몸을 씻은 알몸의 지팡이가
'관계'라고 하는 이름의 책장 옆에서
우두커니 서 있다
곁을 지키고 있다

다시 쏟아지는 장대비
꽝꽝꽝 닫힌 문이 열리고, 문틈사이로 스며드는
햇살의 무늬

POST

2

단비

대숲
-죽로차-

숲의 그늘
바람 끝으로 내려앉는다, 이슬
한 방울의 투명한 거울 잎새 위에 스며
길 잃은 이의 눈 밝히는 침묵이다
두 손 모아 잔을 받쳐 들고 한 가닥의 고요에 이르면
한 모금의 정제된 생명이 목젖을 흐르는데
오늘도 대숲은 수직으로 몸을 낮추어
한 결의 비단을 짠다
한 방울의 이슬
전생의 인연 하나 깁지 못하여 가슴에 묻었다가
억겁의 시간 위에 문 열고 떨어뜨리는 눈물
잎에서-잎으로 스미는 결정結晶
이슬로 닦은 잎들이 한 모금
꽃으로 피어난다

꽃잎
대숲의 금琴으로 곡조를 켜는
이슬

화인火印

수억 년,
지층과 지층의 닫힌 문 열어 한 마리의 귀뚜리로
환생한, 거기 찰나의 순간 피 흐르던 살과 뼈마디가
인장印藏으로 봉인되어
억장 무너지던 기억의 시간을 타고 온
퇴적암 속 갈무리 된 생명

이슬 머금고 숲을 나르던 날개
까만 밤 보름달의 촉광을 담아내던 말간 눈동자
넌지시 그리움의 두께 꿰어내던 명주실 같은 더듬이로
네 생전 하염없이 절룩이던 영혼의 불꽃이
붉디 붉은 화인火印을 숨겨놓았다

그 날 그 숲의 가을바람
살갖을 흔들던 네 곡조의 절창이
이렇게 온 밤을 울어대고 있었을까
한 마디의 단음으로
비단을 짜는 생명아!

벽

나는 너의 말을 알지 못하네
너의 그 달콤한 눈을 바라보지 못하지
너의 그 감미로운 시냇물 흐름을 듣지 못하는
태생적 슬픔
너는 하루 종일 아모르의 신화를 흔들고 있다지
(꽃이 될 수 있을까 싶어)
나는 장승처럼 서서 열리지 않는 북을 두드리고 있을 뿐
내가 네가 되는 길은 오직 닫힌
눈
귀
입
겹겹의 침묵이 묶어 놓은 단절의 무덤
쏴아— 새 울음의 열쇠로 낱낱이 부수는 일
간밤 내내 숨죽여 어둠의 터널을 뚫고 나온 햇살처럼
새 아침의 빛으로 탄생하는 일이지

문

문 앞에 서서야 쉽게 열리지 않는다는 것 알았다
큰 죄과 없이 살았다고 생의 무게가 가벼워질 수 있을까
이만큼 걸어와 돌아다보는데 문지기가 저울추를 든다
발걸음의 자국이 고개를 흔드는데
구부러진 지표면 위의 이정표들이 난색을 하고
眞이라고 하는 결 고운 추를 들고
시곗바늘만 분주하게 돌렸을 뿐이라 이른다
삶의 진실은 유리컵처럼 비춰지는 게 아니라는 것
걸어온 흔적 속에 남겨진 모르모트의 부호들과
큰 신장로 같던 길은 다가갈수록 바늘구멍,
몸에 걸친 겹겹의 욕심들 버린다고 버렸음에도
누더기로 덕지덕지 붙어 떼어지지 않는 소음들이
살갗에 돋아낸 선인장 가시처럼 깃을 세웠다
한 줄기 바람이라면
저 가는 바늘귀 속으로 들어갈 수 있을까
밤낮없이 무릎을 꿇고 말씀을 읊어왔지만 소용없는
내 걸어온 길은 모두 늪이었다

빗장은 열리지 않는다

단비

모처럼 달콤하게 비 내린다
초록 잎 위에 스며 윤기 가득한 목1동 버스정류소
나무의자에 앉아 기다림의 숫자로
기웃거리는데, 툭툭 낯선 젊음 1이 팔을 두드린다
거기 –
무릎 위에 얹었던
기행수필집 한 권이 보도부록 움푹 파인 웅덩이에
슬며시 몸을 던져 놓고, 단 빗방울 세고 있다
젖은 책봉투를 툭툭 털어 속살을 꺼내는데
그새 물 한 모금 들이킨 기행이 흥건하다
이것으로 닦으세요 –
낯선, 파릇한 젊음 2가 건네는 크리넥스 3장
표지에 겉도는 젖음을 닦아내는데
가슴에 스며들었던 시선이 뜨겁게 살아난다
미소를 머금고 마주친 천사들의 맑은 눈동자
주소 적어주시면 책 한 권 보내드릴게요
불쑥 튀어나온 말 실없이 부끄러운데
순간, 도착한 571번 버스
몸이 먼저 발을 딛고 기다림을 오르는 게 아닌가
하얀 메모지엔 흔들리는 바람의 흔적뿐

잘라버린 시간이 던져 놓고 간 텅 빈 답장 축축하게 젖어
달리는 창밖을 한참 맴돌고 있었다

성서 聖書

종일토록 목마른 황금빛 사과밭을 서성이는데
돌부리에 무너진 무릎의 상처가 마르기 시작하고
자욱한 안개가 걷히고 있다
입안에 들어 한 줄기 빛이 되는 말씀의 가닥들
창세기의 여행이 시작된 이후부터
요한복음서 7장 37절-
맑은 시냇물의 콧노래가 들리기도 하는
오솔길을 거닌다
하아얀 구름꽃송이를 팝콘처럼 터트리는 목화밭
다시 한 모금의 은혜가 꽃으로 피어난다
'목마른 사람은 다 나에게 와서 마셔라'
누더기로 돌아온 탕아를 맞는 아버지는
세상 욕심에 젖은 휴지조각을
어김없이 거두어주신다
거두어 무릎 꿇은 죄인의 마른 목을 축여 주시는데
한 아름 빛의 문을 열어 생명의 깃발을 꽂아주시는데
뜨겁게 볼을 타고 흘러내리는 빗방울

삽교역 지나

언덕 위엔 유년의 젖내 묻은 순한 아이의 눈매
뾰족지붕 교회성탑이 보이네
삽교역 지나 잠시 후 홍성역, 역사의 나이만큼 부풀어 오른
키 큰 은행나무 사이 사이 향나무를 지나며
무논의 물빛 거울 속에 내려앉는
푸르른 하늘 흰 구름 보네
잠시,
역과 역 사이로 스쳐 지나는 거대한 산 하나가
길을 막네, 길을 여는데
철길 건널목 가로막 내려놓고 진흙 경운기 한 대
숨 고르는, 청소면 사무소 근방
맥없이 밟아온 내 생의 그래프
빨랫줄에 하얗게 빨아 너네
하늘은 푸르기만 하네

성벽타기

시간의 줄기를 잡고 아득하게
신록의 물살을 가르며 날아오르는 생명,
천 년 역사 젖은 눈빛으로 서서 침묵하는 저 다보탑
그림자 아래 선다
과거와 현재와 미래를 설법하는 이상향의 탑돌이
어느 소녀의 가슴속 숨 막히게 두근거리던 그리움,
굳게 버티어온 성벽을 딛고 손톱밑 해지도록 일어서서
청 푸르게 날아오르는 시간

연록의 더듬이를 내어 성벽의 손을 잡는
담쟁이의 하루

발 없는 새

하늘은 저만치 푸르러
늪의 우물만큼 깊어 가는데
쉼없는 날갯짓으로 가 닿을 수 없는
평생 가뭇한 항로를 향한 비상이라지
걷지도 앉지도 디딜 수도 없는 가난한 숙명,
나뭇가지의 품에 안긴 파랑새처럼
가끔은 바람의 등에 기대어 지친 날개를 쉴 뿐
단 한번 지상에 내려앉는 일
그대를 향한 고백이라지
조용히 눈을 감는 날

언젠가

가는 筍과 筍의 결합
어쩌다 함께한 그 순간 이후
네 몸의 세포는 시간 저 후미에서
이제껏 어느 연구 논문에도 없는 신개발 種이라는
이름 없는 촉수의 허망을 쓰고
모순의 웅덩이에 발을 담근 채
숨죽이고 있는 게야
가슴께쯤 아래를 보면 순백의 순수로 응집된
수분덩어리 임에 분명한데
머리 위를 바라보면 장미꽃잎 같은
싱싱한 겹겹의 초록 치마폭을 펄럭이고 있는 게지
무도 아닌 추白菜도 아닌 결집, 언젠가
개벽의 문이 열리고 내가 걸어가는 길 그 옥토에도
붉은 햇살의 열매 영글 수 있을까 –

너는 지금
금지된 숨을 쉬고 있는 게야

※ 경기도 원당 '뜰안에' 농원에서는 무+배추를 결합 시험 재배하고 있었다.

시냇물 소리

어머니 제상을 물린 언니가 주섬주섬 봉지를 만든다
어머니의 손맛을 그대로 복제한 손끝으로
나물이며 호박 고구마 부침개 골고루 챙기더니
큼지막한 조기찜 한 마리 조심스럽게 담는다
주고 주고도 더 주고픈 저 가슴 속엔
종달새의 노래를 부르는 맑은 시냇물이 흐른다
마음을 준다는 건 무엇일까
가슴을 열어 손 데일 듯 뜨거운 입김 하나씩 건네주는 일
가을 밭 땅속 깊이 영근 감자알처럼 주렁주렁 열려있다
이른 아침 풀숲 잎새 위에 맺힌 이슬 같은 사랑
건네는 거룩한 침묵 앞에 나는 또 한 방울의 눈물이다

식탁 위에는

주방 귀퉁이 가로 길이 한자 남짓
길쭉한 유리 창문 밖이 환하다
소란스런 아이들의 재잘거림처럼
한껏 부풀던 함성이 탈출구를 찾았나 보다
팽창되어진 고무풍선 속 제 갈 길 꿈꾸는
비틀린 욕망들이 튕겨져 들어온다
유리창의 크기만큼 조각난 햇살 하나가
틈을 비집고 들어선 것은 바로 그때이다
식탁 위 온몸에 가시를 뒤집어쓴
어린 선인장 화분 위에 슬며시 발을 딛는 빛
가시의 고통이 발끝에서 전신을 타고
샘물처럼 솟아나기 시작한다
흥건히 강을 이루는 핏빛
어디선가 참새 떼의 지저귐
포르르 포르르 스며와
그의 음성을 전해주고 간다
이윽고 빛의 그림자를 넓히는 햇살
식탁위에는 달디단 말씀들이
환하게, 환하게 영역을 넓히고 있다

아직도

눈밭에 묻혀 꽁꽁 얼어붙은
발목 다 드러난 裸木의 뿌리,
잎 돋아내고 꽃 피워낼 곱단한 두근거림으로
시작한 그 봄날의 눈부심,

내가 밟아온 발자국의 맥박은
아직도 푸른 숲을 꿈꾸고 있는지
해 저물고, 지난가을의 낙엽 보도 위를 구르는데
가슴 섶에 간직한 말

살을 베는 아픔이 벌겋게 묻어나
동백꽃잎 지천이다

오죽烏竹

파릇하다
불꽃처럼 솟아오르는 갈망의 줄기

땅속 깊은 속내를 뻗어내어
제 살 깡그리 비워내기 시작하고

텅텅 지축을 울리는 면벽의 궁핍
검붉은 불씨로 태워내어

시앗 본 어머니 숯 검둥이 가슴처럼
검게 익어가고 있었다

섬광처럼 빛나는
사리 꽃

건드리지 마라

불의 손끝으로 빚어 놓은
달이 떠오른다
세안을 마친 햇살처럼 저리 맑다
비상의 날갯짓, 숨은
씨앗으로 잉태한 동그라미
푸른 이슬의 강보에 싸인
풀벌레의 노래가 들리고
솟아오르는
솟아오르는
가뭇한 산통을 밀고 오른 저 침묵
비로소 어머니는 내 무릎 위에
탯줄을 매어 자르고 주문을 외우신다
다치지 않게 하고
다치지 않게 하라
쉬이 닿을 수 없는
경계, 한 아름의 불덩이
분만하고 있다

POST

3

울림

하루의 두려움 1

인적 없는 도심의 공원
저 혼자 물길 솟아 올리는 분수처럼
손을 내어밀었다가 내려놓고
내려놓았다가 솟아 올리며
심지만 태우는 공원의 풍경,
하루 몇 시간이나
결빙의 무게를 내려놓을 수 있을까
나를 버려 너를 키우는
하루의 두려움
헐벗은 봄날의 역사 위에
스며드는 늪

하루의 두려움 2

어느 하루도 스쳐 지나는 날 없다
어느 하루도 물들지 않는 날 없다
봄 언덕에 돋아난 풀잎들의 하늘 향한 그리움
푸릇 푸릇 키를 돋우며 들 섶에 물들이는 녹즙이다
하얀 백지 위에 서서히 스며드는 꽃물처럼
구름 사이 대책 없이 빨려드는 바람처럼
문득 문득 너에게 물드는 습성
지워버릴 수 없는 종이비행기의 날아오름이어서
나는 죽고 너는 살아 숨 쉬는 하루의 두려움
언제나처럼 소통 없는 눈빛이거나
가끔씩 투정부리는 아이의 심술이거나
너에게 나는 소리 없는 비행이다

소리 없는 하루의 두려움
너에게 스미는 내가 두렵다

최후의 심판

꽃잎 하나가 언덕을 오르고 있다

'꽃길을 걸어라'

배낭에 짊어진 삶의 무게에 눌려
발걸음 하나 딛기 무섭게 차오르는 숨 가여워
아프로디테가 내리신 죄명이다

'꽃길을 걸어라'

아슴 아슴 스며드는 라일락 향기
차마, 가슴 섶에 담기 버거워 고개를 숙이는데
밤낮없이 홍골 사이로 스며드는 통증

'꽃길을 걸어라'

속절없이 깊어가는 천형의 십자가
따사로운 꽃길
두근거리는

나비

빛 붉은
彩雲의 꽃을 향한 쉼 없는
날갯짓

두 팔을 뻗어
닿기로의 저항, 너에게 물든
펄럭임이

겹겹의
더듬이로 일어서
빛 밝은 하루의 문을 열고 있다

불현듯 꽃이다

꽃이 피고 있다
연분홍 낯빛으로 수줍게 얼굴을 든다
쌓인 시간의 늪 속에 누워 잠든
껍질 벗고 일어선 한 톨의 씨앗
불현듯 연꽃이다, 삼천년의 기도
억겁의 숨은 꽃 순명의 레일을 단숨에 건너와
햇살에 물든 볼그레한 살결
뿌리로 세운 고뇌의 흔적들이 일어선다
별 밝은 못에 기대어 등줄기에
물관 하나를 세우고 있다
포의를 찢는 아픔이 가부좌를 튼
진흙 속 도공의 고요한 미소 한 떨기
지표를 키우는 기쁨이 허공 한줄기를 가르고
신성한 바람, 바람 곁으로 날아오르는
한 송이 거룩한 빛이다

그대의 눈빛에 스며 꽃이 되는
한 톨의 씨앗

빛의 내력

견고한 마름의 날짐승 종아리
가는 나뭇가지 서녘 어둑발에 걸려있다.
발하나 딛기 버거운 빈한함
이쪽도 저쪽도 넘지 못하는 경계선에 서서
목울대에 닿아 주춤거리는 가쁜 숨
검푸른 입술로 가파르게 몰아쉬고 있다
가장 간절한, 두려움의 깊이에 젖은 눈의 말
'나는 지금 어디로 가고 있지?'
거미발로 연결된 희미한 생존의 이유는
생명의 관들을 장착하여
성급한 펌프질 소리를 낸다

최후의 반란
生과 死의 음률 흐르는 어느 간이역의
덜컹거리는
빛

울림

바다 밑 아득한 깊이로 물에 닿는 달빛이 곱다

빛의 심장 하나 숨비소리로 부상하는 오늘

하늘엔 눈 맑은 새 한 마리 날아오르고

두근거리는 두근거리는 풀잎 하나의 발걸음

마른 대지에 나지막이 숨을 고른다

눈부신 빛살로 부딪치는 이 개벽의 울림

환절기

　겨우내 거실에 갇혔던 소심 춘란 한란 보세란 계절의 다리를 건너 문밖으로 나서는 날 4월의 눈雪 뜰의 중심에 폭력처럼 스며들고 대나무 곧게 뻗어난 마른 잎 사이로 봄 날선 손길이 동토에 이는 삭풍으로 부서진다

　어떤 슬픔도 쉬이 타지 않고 어떤 아픔도 쉬이 젖지 않는다는 대숲의 습성 이 가난한 봄날의 뜰에 서서 숨을 고르고 있다 가슴 깊이 젖어드는 그리움 그대가 딛고 오는 발자국 꽃길이 춥다

무논의 거울 속에서

어스름의 시각
알몸으로 솟아오른다
용광로의 화구를 빠져나온 불덩어리
여명으로 물든 산봉우리를 오르려나 보다
올라 단숨에 뛰어내리려는 것일까
무논의 거울 속으로 뛰어들고 있다
첨벙, 첨벙, 첨벙 새벽을 가르는 빛
붉게 달구어진 대장장이의 쇠붙이가
천 년의 늪 속으로 스며든다
맑은 이슬로 깨어나는
붉은 장미꽃 한 송이

아침이
서서히 일어선다

지고 가겠네

겨울 아침 산에 올라
소나무삭정이 가득 지게에 짊어지고
저녁 무렵 돌아오는 나무꾼의 기도처럼
한나절 부풀어 오른 햇살을
되돌려 본 하루의 시간
곱싸하게 봉오리만 키우다가
다 해어져 저린 가슴에 담아오는
시든 꽃잎의 떨림,
남은 발자국에 숨은 그림처럼
지고 가겠네
소리 없이 내리는 이슬비 마시고 나면
봄이 한창 살을 찌우고
새소리도 유창하리니

주목朱木

쇠심줄보다 질기기로 보면

네 붉은 뚝심보다 더할까

간들 간들 꺾기여 위태롭지 싶다가도

중심을 버티어 돋아나는 불꽃 같은 생명력

가시인가 싶다가도 푸르디푸른 가슴 다독이는 싱그러움

살아 천 년, 죽어 천 년을 거스름 없이 버티어

산다는, 저 아득한 뿌리내림

어쩌랴 이만큼 살아서도 매 순간

마주하는 눈 맞춤 있으니

더 아쉬움 있을까

오늘도 문밖에 나가

不二門에 든다

꽃잎 하나가 언덕을 오르고 있다

'꽃길을 걸어라'

POST

4

햇살의 통로

햇살의 통로는 멀다

우기가 지났는가 했더니
하늘이 아직도 구름을 물고 있다
회색빛 어둠이 산마루에 가득하고
햇살로 잇는 통로는 멀다
저 구름 안에 자리한 맑은 종소리
눈을 감고 손을 내어보면 따뜻한 온기 확연한데
몰라서 묻고, 알면서 묻는 길 반복이다
그냥 웃고 있다, 아프게
어설픈 내 몸짓이 가여워 웃고 있다
바람이 한차례 구름을 휩쓸고 가면
참나무 우거진 길 열릴 수 있을까
내 어설픈 몸짓의 가여움
아프다, 뼈 시리도록 아프다

진종일 구름 안에 가득한
햇살이 그립다

자화상

혹은 슬픔의 이중성,
저 눈빛 안에 명주실 매듭으로 옥죄인
웃음이 솟아오르는 샘물처럼 깨어나게 한다
깨어나 젖은 눈빛 속에 안개비처럼 가득한
절망이 마르지 않는 장마처럼 무너지게 한다
동녘의 빛 창가에 지저귀는 아침 새의 노래
세상 생명의 순을 키워내듯이
서녘의 빛이 하루가 지닌 아픈 상처를
어둠이라는 휘장으로 감아 안듯이
벗어날 수 없는 숙명,
오늘도 발자국 하나를 더
포갠다

저녁 길

하늘에 닿는 줄 모르고
제 키를 키우던 바라기 식물이
엷은 바람결에 몸 잡혀 흔들리고 있다
거두어들인 가을 주섬주섬 보따리에 이고
오일장터에 나앉은 어머니 가슴으로
달게 익어가는 씨방의 씨알들 고개 숙여 수행 중이다
한 그루의 씨앗이 흙에서 지상으로 끌어올린
어머니, 어머니로 잇는 숨결 저토록 간절하게
머리끝 허공에 이고, 가쁘게
바스락 말라가는 일
젖은 눈으로 바라본다

가는 줄기로 솟아오른 해바라기 빈 하늘 높이 끝
바람 앞에 흔들리는 맑은 종소리

슬픔

가시를 머금은 하늘이
수천 수만의 상처를 복제하여
쏟아 붓고 있다
--- --- ---
횡으로 잇는 상처의 흔적 지표면을 덮고
가슴에 묻어 두었던 비파소리는
땅의 살갗을 매질하며 지층의 깊이를 넓힌다
아득한 살 속 뼈 속에 스미는
출렁이는 가시동굴
언젠가 가장 절실한 눈물이 필요할 때
웅성이는 군중으로 모였다가
찰나의 순간 활화산으로 솟아나겠지
하늘과 땅을 가르는 거대한 칼날의 상처
지붕 위 뚜벅거리며 걸어오는
저 가시들의 장엄한
모차르트 레퀴엠

지팡이

눈길만 닿아도
꽃밭 담장 곁에 서 있는 햇살처럼
절룩이는 걸음의 디딤말이 되어
등불인 듯 길을 밝힌다
갈잎처럼 가난한 내 신발의 창을 깁는 바느질
또닥 또닥이며 시간을 밟고 간다
이렇게, 땅을 짚고 일어서는 힘
조용한 침묵의
그대

환하다

다물어도 화알짝 열리는 꽃잎, 깃들여 놓은 시시포스
의 신화 그 내밀한 시간들 모두 장미꽃이다, 가시와 가시
의 마디마다 일어서는 눈물, 바다에 띄우기 위해 고뇌의
강물을 헤엄치는 꽃이다 내 눈물의 값은 영원의 시간

꽃잎 가득 피어나는 세상
페퍼민트 향기 환하다

아카시

　낮과 밤 창문 틈으로 스며들고 있다 지축을 흔들며 가슴 풀
어헤친다

　눈부신 샘솟음-
　눈부신 날갯짓-

　온갖 시름의 조각들이 닫친 창에 부딪쳐 이슬로 떨어지는
이
밤

　말간 꽃-
　하얀 발자국

지금

긴 비바람 멈추고
빠른 걸음으로 구름이 걷히고 있다
초록빛 생명의 순처럼
이마 위에 열리는 새벽
햇살을 머금고 솟아오를 빛줄기
지긋한 눈빛, 눈부심으로
하루가 또 열리겠기에 감사한
지금,

가득한 꽃잎
세상

노대바람 storm

불현듯
밤 가로수 부실한 어금니처럼 뿌리째 뽑히고
상당수의 건물이 허리가 꺾인 채 내려앉았다
24.5~28.4 m/s(48~55km)의 속력
시퍼런 비수들이 날아와 가슴을 때린다

전신을 내어주고
뿌리를 드러낸 채 매 숨결마다 검불이 되는 나무
일으켜 세울 기력 까마득히 소진한
드물게 아주 드물게 나타나는
내륙풍

어쩌겠는가
하늘의 형벌이다

눈물

좀처럼 닫히지 않는 수문, 쉼 없이 흐르는 얼음장 같은 빗줄기, 몸속 수분이란 수분은 모두 강줄기에 입술을 대고 생명의 분자들 미세한 물 무덤, 작은 원소들 무너져 내리고 있다 빈틈없이 쏟아지는 폭우

텅 빈 가슴
고장 난 발걸음

한 그루 나무는

나무 한 그루 어둠 속 제 몸에 깃든
한낮의 푸른 하늘을 꺼내어 마주 선다
어느 만큼 닿고 싶은가
어느 만큼 닿고 싶을까
지하 터널 속에 들어 들리지 않는 언어의 맥박을
구멍 난 양말 뒤꿈치 전구 알 넣어 꿰매어 주시던 어머니처럼
깁고 있다, 더는 가 닿을 수 없는 눈물이
아무도 가지 않는 길 위에 숨어 흘려보내며
아무도 모르는 헛발질이다

숨 가쁜
까치발이다

조약돌

속살 흰한 시냇물 물살에 빠져
온몸 일으키기를 하다가 물구나무를 서고 있다
보글 보글 이마에 진땀을 흘리다가
닫힌 기도문의 날을 세워
바람개비처럼 몸을 굴리며
제 살점 하나씩 허물고 있다

새까만 사리하나
마른 음률로 뽑아내는
생존

빛, 섶에 기대어

문 닫을 수 없는
밤의 그늘에 앉았더니
새벽녘
말간 여명의 순을 타고 피어나는 꽃잎
데일 듯 타오른다
빛, 섶에 기대어 숨 고르며
신성한 빛살 하나 건져 올리는
한 방울의 진한 꽃 울음

짚을수록 깊어가는
생성生成의 빛깔

눈감고

무엇을 더 바랄 수 있으랴
바람 불고 눈보라 치면
묵묵히 고개 들어 하늘을 치켜세우며
구름 뒤에 숨은 맑은 햇살을
눈감고 바라보면 된다
무엇을 더 바랄 수 있으랴
휘몰아치는 이 앙상한 겨울의 쓸쓸함이
전생을 다 무너뜨린다 해도
두 손 모아 창밖 나목에 붙은 잎 하나
바람 뒤에 숨은 한 줌의 고요를
눈감고 바라보면 된다

강둑처럼 가슴 무너지는 날
무엇을 더 바랄 수 있으랴

POST

5

반란

꽃의 뿌리

햇볕의 시간과 물의 시간으로
다독인 풍란의 좌우 묵은 잎 사이로
봄비의 속삭임이 고였나 보다
아기새의 눈빛 같은
초록의 생명이 불쑥 고개를 든다
천 년의 깊은 잠을 깨워 살갗을 스치는 미풍
빛의 그늘 죽은 포도나무 가지에 매달린
꽃의 뿌리 한 그루
교회 종탑 새벽 종소리 같은
꽃향기 피워낼 꽃대를 머금고
목부작으로 서 있다

햇빛 푸른 날
화안한 미소
하늘에 닿을 듯싶다

꽃

뜰 한쪽 나무 한 그루 세운다
뿌리가 마른 땅을 헐어 꽃의 걸음을 내딛기까지
바람은 잎새마다 난육사계蘭育四季를 세워 몸을 흔들고
유리창에 비치는 가느다란 햇살은
날을 세운 회초리였다
일경일화一莖一華의 꽃대가 꽃 문을 열기까지
땅속 깊은 착근着根의 통증으로 거꾸로 스러지기를 여러 차례,
결빙의 손끝으로 운반한 빙하퇴적층 같은 물길은
어느 길 어느 모퉁이를 돌아 예까지 닿을 수 있었을까
어느 시간의 길을 스며와 온통 뜰 가득 만발하였을까
하루 내 질펀한 늪 속에서 헤어나지 못하고 서성이는데
건반 위를 되돌아 흐르던 맑은 이슬방울처럼,
햇살이 실어온 우주의 대답 하나
물결 위의 반짝임으로 흐른다
꽃은 저 땅속 깊은 육중한 뿌리의 맥박
까마득한 어둠이 솟아 올린 한 줄기 빛의 근원

함부로 세워 놓은 뿌리의 죄
향기를 피워내고 있다

외로워마라

밤바람이 열린 창을 비집고 들어선다
길 잃은 먹구름 하나가 쏟아내는 차디찬 한숨 같다
차고 아픈 것들은 비 온 뒤 살갗에 스미는 축축한 공기 같아서
순식간에 달려와 도심의 밤을 질주하며 사라지는 소음 같아서
쓸쓸하다
밤바다의 수면을 외줄을 풀어 금 긋고 간 바람의 발자국이
계절의 문을 열고 제 가슴의 숨은 곡조를 푸는
장미꽃 저린 아픔을 달래준다
외로워 밤마다 우는 저 꽃들도 평생의 슬픔을 다스리지 못하고
고독한 시간의 터널 속에 빠져있다

너와 나 우리
그 무엇을 그리워해야지
가슴 밑바닥까지 아파해야지
아프고 또 아픈
그대와 그대가 있다

무엇일까

아침 햇살을 밟고 온 수많은 길들
문밖을 바라보며 눈을 감는다
지구의 표피를 더듬고 있는 걸음 하나

질척한 땅바닥에 널브러진 말들을
정오의 햇살에 말리고 나면
오지항아리 가득한 공명이
가을 저녁을 두드리는 귀뚜라미 울음으로
귓가를 감아 돈다

깊고 가늘게 천공을 때리는
어머니의 회초리
오늘도 고장 난 내 가슴으로 떨어져
아린 슬픔을 다독이고 있다

반란

을지로 입구
기업은행건물 맞은 켠 건물과 건물 사이
요철모양새로 내려앉은 낮은 시멘트 옥상
안테나 철침 위에 불이 났다
한 무리의 까치들이 우 몰려왔다 몰려간다
전투기 세 대, 전투기 다섯 대의 비행이다
숲의 역사가 지워진 날부터 이주가 시작되었을까
빌딩 숲이 제 영역인 양 바람을 세워 선회하다가 돌아와
양 날개를 숨 가쁘게 들어 올린다
목선까지 차오르는 온갖 소음들 꼼짝 않는
차량들 일제히 고개 들어 시선 집중
까악 까악 까악 까악 까악
점령군이 서울 도심의 중심을 접수하려는 모양이다
우 날아오르다가 내려앉고 날아오르다가 내려앉기를
수차례, 날개 접기가 쉽지 않은 성싶다

어느 시인은 '봄날의 사랑은 죄가 아니다'라고
했다

숲, 기웃거리다

오백만년 전 숲에서 왔다
한여름 불덩이 같은 도심의 열기 속에서
문명의 이기로 규격화된 삭막한 정신의 폐해 속에서
감추어지고 왜곡된 진실처럼 훼손된 자연의 피폐 속에서
한 모금의 숨, 쉬기 위하여 한 그루의 나무를 심는
저 그린란드의 무너져 내리는 빙산을 바라보며
그리워하고 있다
기웃거리고 있다
숲,
그대의 싱그러운 가슴
맨몸의 순수가 지녔던 절대한의 공간으로
종래에 생명이 가 닿는 곳
아득히 먼 그 허공의 길로 돌아가는 일
밤낮으로 창문 밖을 내다보며 그리움을 깁는
이 절대한의 기웃거림
애초부터 시작된 이별의 모순으로 키를 세우는
숲

하늘 보다

그 길
그 빛, 그곳엔
주름 가득한 어머니가 향기를 다듬고 있다.
소쿠리 가득 풀 향기를 섬광처럼 반짝이며
오래된 빛의 역사를 쓴다
햇살로 뿌리는 고요
침묵하는 바람의 노래는
시간이 남기고 간
보물섬의 지도처럼
견고한 성

하늘을
본다

허물어지는

일행에서 떨어져
조금 전 두발로 딛었던 시간 속으로 동분서주 달려갔다
금세기의 실시간 네트워크 손 전화를 찾아
앞서간 시간을 좇아가는 중이다
앞서간 시간을 추월할 수 없는 일이지만
가이드라인에 닿을 수 있다 한다
남부터미널 도착 예정 시외버스 속
빈 의자들과 드문드문 찍힌 사람들 머리 위에서
젖은 침묵이 춤을 추기 시작한다,
홀로 있다는 온몸으로 스며드는 한기
간밤 전깃줄에 걸려 홀로 곡예 하던 바람
손끝으로 비파悲琶를 연주하고 있다
발치에서
머리끝까지
대나무 숲 빗금을 긋는 허공처럼
허물어지는
지층

찰랑거리는

계곡의 숨소리
햇살의 살갗에 스며 강으로 흐른다

바위와 바위를 휘돌아
여울 목에 닿는 물 가닥

손바닥의 수면 위에
거대한 계곡의 핏줄을
올려놓는다,

한 줌 햇살 위에서
찰랑거리는
꽃의 강물

춤

한쪽 손을 들어 올린다
바다를 끌어 올릴 듯 가볍다
손끝에 머무는 꽃 스며든 하루의 무게
무게의 크기가 바다에 이를수록
모래알처럼 흩어져 노을빛에 날리는 시간
다시 한 쪽 손을 들어 올린다
하늘을 끌어 올릴 듯 가볍다
손끝에 머무는, 바람 스며든 하루의 향기
향기의 가닥이 하늘에 이를수록
마른 땅에 내리는 가슴
막막한 영혼,
상체를 들어 등을 굽히고
상체를 기울여 가슴을 굽히다가
꽃잎에 든다

하루가 폭포처럼 무너져 내린다

바람

맑고 푸른 가을의 하늘이 거듭 회색빛으로 보일 때
아무리 눈을 비집고 들여다보아도
들리는 건 거리의 고장 난 소문만 난무하고
하늘이 짙은 어둠일 때
내 피의 흐름은 검붉게 멍이 들어 순환을 멈추곤 했을 뿐
꽃이여, 순한 바람의 아버지는 순한 바람이다
나는 이미 이름 없는 들풀 위를 걷는 순풍
어제도 오늘도 순한 바람이다
눈에 보이는 건 한 조각의 스치는 허상일 뿐
들리는 건 의미 없는 한 조각의 마른 기침소리-
비로소 한 가닥의 풀잎을 조용히 스치는 일, 눈 감고도
이른 아침 이슬에 젖은 심중을 손끝에 감각하는 일
종으로 금을 긋고, 횡으로 금을 긋는다

풀잎

비가 온다

고

일기예보는 앵무새처럼 시간대 별로 반복했다

몇 가닥의 빗방울이 층계 위 젖은 발자국처럼

떨어지다 -떨어지고- 떨어지다- 반복하더니

멈춰섰다, 그리고

회색빛 구름 가득한 하늘에서 서서히 물러서는 우울

풀잎 얼굴

자그마한 청자 빛

어렴풋 햇살 머금은 한 뼘의

하늘

한 조각의 꽃 강물이 흐르고 있다

어머니 당신이

어머니!

오늘은 하늘이 개었다 흐렸다

흐렸다 개었다를 몇 번이나 반복했습니다

태풍 덴무의 심술인 듯합니다

하지만 어머니, 날씨가 아무리 제몸 제빛을 바꾸어도

당신을 향한 그리움은 지워지지 않습니다

누에고치처럼 실타래를 감아 도는 떼어낼 수 없는

이 그리움 무엇인지요

하루종일 당신 생각만 했습니다

조용히 눈을 감아봅니다

어머니 당신에 대한 욕심은 이미 지워 버린 지 오래전 일

입니다

두 팔을 벌려 포근히 품에 안아 주신다거나

얼음장 같은 제 손을 따뜻이 잡아 주신다거나

부드러운 목소리로 '연아' 하며 불러 주신다거나

욕심을 내려놓은 지 오래전 일입니다

이 몸서리치는 한파 속에서

다만, 그리워하는 일

조용한 침묵으로 그리워만 할 뿐입니다

홍건히 젖어드는 눈 속 깊이 물길을 밟고 오시는 당신이

오늘따라 더욱 그리워집니다

당신을 그리워하는 일조차 분에 넘치는 욕심인 듯한
지금

어머니!

이 聖域에 닿기까지

말간 장미꽃잎의 그 길을 걸어와
햇살 눈부신 이 聖域에 닿기까지

구름은 몇 날의 어둠을 깨워 빛의 궁전을 준비했을까
바람은 몇 날의 하루를 붙들고 꽃의 심지를 피워 놓았을지

숲 속 아득한 고요의 침묵 속에서
말을 하거나 하지 않아도 알아들을 수 있는 귀가 열리고
곁에 있거나 있지 않아도 바라볼 수 있는 눈이 떠지고

다만,
끝없이 마셔도 채워지지 않는 갈증의 잔을 기울이거나
끝없이 지워도 지워지지 않는 슬픔의 잔을 기울이거나

말간 장미꽃잎의 그 길을 걸어와
햇살 눈부신 이 聖域에 닿기까지

빈 의자들과 드문드문 찍힌 사람들 머리 위에서
젖은 침묵이 춤을 추기 시작한다

POST

작품해설

자연스레 스며들며 삼라만상을 껴안는 우주적 감수성과 모성애

이경철(시인, 문학평론가)

자연스레 스며들며 삼라만상을 껴안는
우주적 감수성과 모성애

이경철(시인, 문학평론가)

●

바다 밑 아득한 깊이로 물에 닿는 달빛이 곱다

빛의 심장 하나 숨비소리로 부상하는 오늘

하늘엔 눈 맑은 새 한 마리 날아오르고

두근거리는 두근거리는 풀잎 하나의 발걸음

마른 대지에 나지막이 숨을 고른다

눈부신 빛살로 부딪치는 이 개벽의 울림

　　　　　　　　　　　　　-「울림」 전문

　지연희 시인의 일곱 번째 시집 『메신저』 시편들은 감수성이 예민하다. 시인과 우리네 일상 혹은 우주 삼라만상과 온몸, 온 감각으로 만나고 스며들며 전하는 태초의 메시지, 울림이 크다. 유한한 시간과 공간, 갯벌 같은 실존의 한계상황에 내던져진 생들을 껴안는 모성애가 예민하고 아픈 시편들을 따뜻하게 이끌고 있다. 시인의 모성적이면서 원초적인 감수성은 우리네 일상을 있는 그대로 잡아내면서도 그 너머 깊은 속내까지를 감지해내고 있다. 하여 하찮은 일상과 대상들까지도 아연 저 태초의 우주, 개벽의 비밀스런 이야기들을 스스로 전하며 울림을 크게 하고 있다.

● 작품 해설 ＿＿＿＿＿＿＿＿＿＿＿

이런 지연희 시인의 시 세계를 잘 보여주고 있는 것 같아 위 시 「울림」을 독자분들과 먼저 감상하고파 이 글 프롤로그 식으로 올려놓았다. 바다며 달빛, 숨비소리며 날아오르는 새 한 마리, 풀잎 하나하나 등 시인이 본 것, 삼라만상의 대상들이 얼마나 시인의 마음속 몸속 깊숙이 스며들고 있는가. 스며들어 시인과 한 몸이 되어 어느 한순간 숨비소리처럼 터져 나와 저 하늘, 태초의 우주로 확산돼가고 있는가. 시인과 삼라만상은 서로 부딪치며 몸 부비는 저 빛살들과 원래 한 몸이었다는 우주 탄생, 개벽의 울림을 얼마나 서정적으로 전하고 있는가.

◆ 예민하고 속 깊은 감수성의 서정시편들

> 말간 장미꽃잎의 그 길을 걸어와
> 햇살 눈부신 이 聖域에 닿기까지
>
> 구름은 몇 날의 어둠을 깨워 빛의 궁전을 준비했을까
> 바람은 몇 날의 하루를 붙들고 꽃의 심지를 피워 놓았을지
>
> 숲 속 아득한 고요의 침묵 속에서
> 말을 하거나 하지 않아도 알아들을 수 있는 귀가 열리고
> 곁에 있거나 있지 않아도 바라볼 수 있는 눈이 떠지고
>
> 다만,
> 끝없이 마셔도 채워지지 않는 갈증의 잔을 기울이거나
> 끝없이 지워도 지워지지 않는 슬픔의 잔을 기울이거나
>
> 말간 장미꽃잎의 그 길을 걸어와
> 햇살 눈부신 이 聖域에 닿기까지
> 　　　　　　　 – 「이 聖域에 닿기까지」 전문

참 잘 짜여 단정한 서정시이다. 반복법으로 운율을 살리면서 서정시의 기율을 확실히 잡고 있는 시이다. 특히 첫 연과 마지막 연이 통째로 반복된 수미상관首尾相關 시법으로 꽉 짜인 안정감을 주면서도 확실하게 서정적 울림, 여운을 주고 있는 시이다. 이 시는 눈부신 햇살 아래 피어오르는 장미꽃 한 송이를 보는 순간 터져 나온 시이다. 빛의 궁전으로서 성역 같은 그 순간, 그 광경에 시인도 오롯이 스며들며 시인의 예민한 감수성이 장미꽃 심지를 피어 올리는 그 순간은 그러나 흐르는 시간을 예리한 칼날로 베어낸 것 같은 단순한 순간이 아니다.

우주가 탄생된 빅뱅의 태초의 빛이 그 광막한 시간과 공간을 거쳐 와 눈이 부시게 빛나는 순간이다. 그 빛살이 삼라만상 모든 것과 어울려 피워낸 장미꽃의 내밀한 역정이 다 담긴 순간이다. 그런 빛 부신 장미꽃을 보아내는 순간은 또 시인의 전 생애가 담긴 순간이다. 말하지 않아도 알아들을 수 있고 보이지 않아도 볼 수 있다는 표현, 시인의 예민한 감수성에는 이미 시인과 장미꽃과 햇살의 그런 비밀한 내력이 다 담겨 있는 것이다.

> 어느 하루도 스쳐 지나는 날 없다
> 어느 하루도 물들지 않는 날 없다
> 봄 언덕에 돋아난 풀잎들의 하늘 향한 그리움
> 푸릇 푸릇 키를 돋우며 들 섶에 물들이는 녹줍이다
> 하얀 백지 위에 서서히 스며드는 꽃물처럼
> 구름 사이 대책 없이 빨려드는 바람처럼
> 문득 문득 너에게 물드는 습성
>
> - 「하루의 두려움 2」 부분

시인의 타고난 감수성을 곧이곧대로 말하고 있는 시 한 부분이다. 대상에 그대로 물들어 버리는 습성을 "백지 위에 서서히 스며드는 꽃물", "구름 사이 대책 없이 빨려드는 바람"을 들어 아름답게, 서정적으로 비유하고 있다. 아니 직유 등 수사학적 차원의 비유가 아니라 세상 만물은 서로서로 물드는 같은 족속이란 걸 드러내는 유비類比로 볼 수 있다. 그러기에 봄 언덕에 돋아나는 풀들을 보며 저 하늘을 향한 그리움에 젖어드는 녹즙의 한 혈족이 돼가고 있는 것 아닌가.

대상에 스며들어 시인은 "그대의 눈빛에 스며 꽃이 되는/ 한 톨의 씨앗" (「불현듯 꽃이다」 부분)이 돼가고 있다. 서로 서로 그렇게 스며들어 삶의, 우주의, 그리움의 비밀한 내력들을 우리들 앞에 전해주고 있는 것이다. "너에게 물든/ 펄럭임이// 겹겹의/ 더듬이로 일어서/ 빛 밝은 하루의 문을 열고 있다"(「나비」 부분)며 이번 시집 『메신저』 시편들에는 '스미다', '물들다', '젖다' 등의 동사가 많이 나온다. 시인과 대상이 서로 겹쳐지는, 하나가 되는 순간을 드러내는 동사들로 예민한 감수성을 살아 움직이게 하는 표현들이다.

> 어떤 슬픔도 쉬이 타지 않고 어떤 아픔도 쉬이 젖지 않는다는 대
> 숲의 습성 이 가난한 봄날의 뜰에 서서 숨을 고르고 있다 가슴 깊
> 이 젖어드는 그리움 그대가 딛고 오는 발자국 꽃길이 춥다
> — 「환절기」 부분

대상에 표피적으로, 인위적으로 너무 쉽게 쉽게 물들고 젖어드는 시편들도 우리 시단엔 많다. 소위 섣부른 감정이입의 감상시感傷詩로 불리는 시들이 그렇다. 그러나 시인은 슬픔이나 아픔에 쉬이 젖어들지는 않는다. 이른 봄 추운 대숲 사이를 걸어와 꽃망울을 맺는 봄꽃과 한 혈족이 되어 숨을 고르며 서로 공명하며 내밀한 그리움을 길어 올리고 있는 것이다. 마셔도 채워지지 않는, 지워도 지워지지 않는 그리움을.

> 수억 년,
> 지층과 지층의 닫힌 문 열어 한 마리의 귀뚜리로
> 환생한, 거기 찰나의 순간 피 흐르던 살과 뼈마디가
> 인장印藏으로 봉인되어

억장 무너지던 기억의 시간을 타고 온
퇴적암 속 갈무리 된 생명

이슬 머금고 숲을 나르던 날개
까만 밤 보름달의 촉광을 담아내던 말간 눈동자
넌지시 그리움의 두께 꿰어내던 명주실 같은 더듬이로
네 생전 하염없이 절룩이던 영혼의 불꽃이
붉디 붉은 화인火印을 숨겨놓았다

그 날 그 숲의 가을바람
살갗을 흔들던 네 곡조의 절창이
이렇게 온 밤을 울어대고 있었을까
한 마디의 단음으로
비단을 짜는 생명아!

－「화인火印」 전문

　수억 년 된 지층에서 발견된 귀뚜라미 화석을 보고 쓴 시이다. 아니 지금 시인의 귓전에서 울어대는 귀뚜라미 소리를 듣고 그 울음의 내력을 쓴 시이다. "네 생전", "네 곡조" 등에서 '네'는 귀뚜라미, 그와 상대인 시를 쓰고 있는 화자話者인 '나'는 숨어서 나뉘어 있는 것 같지만 실은 하나이다. 가을 어느 한순간 귀뚜라미 소리에 물든 화자의 내력은 귀뚜라미의 그것과 순연하게 포개져 있다.

　세 연으로 된 「화인」 첫째 연은 귀뚜라미 화석에 대한 묘사이면서도 시인과 그대로 일치되는 서정시학의 한 전범을 드러내고 있다. "환생한, 거기 찰나의 순간"이야말로 서정시론에서 말하는 '순간의 시학'을 그대로 드러내고 있지 않은가. 수억 년 된 지층의 시간이 찰나로 압축되며 "억장 무너지던 기억의 시간을 타고 온"에 와 그 찰나는 귀뚜라미와 시인의 전 생애와 겹쳐지는 '동일성의 시학'과 또 겹쳐지지 않는가.

시의 요체임은 물론 시공을 뛰어넘어 살가운 공감을 부르는 좋은 예술의 알파요 오메가인 서정성. 그것에 대한 논의는 분분하지만 서정시론에서 대체로 합의를 보고 있는 게 시적 순간에는 과거와 현재와 미래가 함축돼 있다는 '순간성의 시학'과 너와 나는 하나라는 '동일성의 시학'이다. 하여 나는 쉽게 그런 서정성을 '너와 나의 그리움이 순하게 겹쳐지는 한순간'이라 설명하곤 한다.

시인의 예민한 감수성이 삼라만상에 파고들며 「화인」과 같은 속 깊은 서정시편들을 써내고 있는 것이다. 다시 한 번 감상해보시라. 모든 것이 비어가는 가을날 귀뚜라미 울음소리는 또 얼마나 외로움과 그리움을 억장 무너지게 자아내게 하며 먼먼 그리움의 시원으로까지 데려가고 있는지를. 시인은 얼마나 예민하고 세밀하게 그 그리움을 감지하고 표현해내고 있는지를.

　　　침상의 기온이 묵직하게 내려앉는다 또렷한 밤 부엉이의 눈
　　　0시

　　　시간의 문에 매달려 칠흑의 장막 속에 쏘아 올려진 폭죽처럼 불을 밝히는 意識
　　　0시 30분

　　　밟고 지나간 시간들이 소소히 걸어 나와 북을 치기 시작한다 뒤척이며
　　　------1시 30분

　　　째깍거리던 초침이 저속 페달을 밟기 시작하고 좌우로 반복하여 뒤척이는 몸
　　　-------------2시 30분

　　　거듭거듭 밟혀 해어진 시간들이 경마장까지 뛰어나와 멱살을

잡고 있다 다시 북소리가 산울림이다
--------------------3시 30분

군건히 잠긴 시간의 문을 잡고 몰려든 누리꾼들, 소란스런 시간
의 문 앞에 쓰러진 시간의 파편 발 디딜 수 없이 무너지는 몸
-----------------------4시 30분

찬연한 여명을 잉태한 시간이 서서히 창밖에서 스며들고 칠흑
의 장막이 찢기고 있다
-----------------------------새소리가 맑다
- 「불면不眠」 전문

제목처럼 잠 못 이루는 밤 불면증을 있는 그대로 예민하게 묘사하고 있
는 시이다. 불면의 밤을 시간순으로 일곱 장면으로 나눠 연을 바꿔가는 인
상적인, 치밀한 묘사가 돋보인다. 매시간을 표시하며 행과 연을 나눈 형태
와 잠 못 이루는 말줄임표 점들의 길이 등 일종의 형태시적 요소도 끌어
들이며 불면을 더 예민하게 드러내려 한 묘사가 돋보인다는 말이다. 이렇
게 이번 시집의 좋은 서정시편들은 예민하고 속 깊은 감수성에, 시인의 잠
못 이루는 치열하고 치밀한 시 쓰기에서 나온 것들이다.

◆ 일상에서 실존적 한계상황을 포착해내는 인상적인 묘사

장마는 하루 종일 양 손에 그리움의 문을 들고 있다
번쩍이다가 고함을 지르다가
목젖까지 차오르는 숨 잠시 고르며
무수한 고뇌의 파편을 쥐고
유리창 밖 길 찾기를 한다
이제 막 뻗어난 여린 손끝으로 등나무는

이슬 눈망울 물고 있는데
잠깐의 폭풍 물러선 추녀 밑 전깃줄에 앉은 참새들
무심히 불어대는 바람을 건너뛰며
오선지를 긋고 있다
퐁퐁 뛰어 오르다가
퐁퐁 내려앉다가
빗줄기의 리듬을 짓는다
물방울의 집 지어 저 바다로 흘러가는
강물의 곡조曲調

내 남은 생의 노래는 여름 오후의
소나타

— 「곡조曲調」 전문

장마가 잠시 그치고 천둥번개로 숨 고르기를 하는 여름 오후 기상과 풍
경을 산뜻하게 묘사하고 있는 시이다. 앞 「불면」에서도 살폈듯 치밀하고
치열한 시 쓰기가 평범한 일상과 창밖 풍경에서도 이리 산뜻하고 공감각
적 표현을 얻어내고 있는 것이다.

천둥번개를 "번쩍이다가 고함을 지르다가"로 직설적으로 묘사하다 "목
젖까지 차오른 숨 잠시 고르며"에 와서는 그것이 천둥번개의 상황이면서
도 곧바로 그런 천둥번개에 감전된 시인의 상황과 이어지게 하고 있다. 한
번의 묘사로 단박에 장마 내지 천둥번개와 시인이 일치되는 기막힌 동일
성의 시학이다.

등나무 끝 여린 순에 맺힌 물방울의 묘사도 신선하다. 여린 손끝으로 이
슬 눈망울을 물고 있다니. 이 시에서 묘사의 압권은 전깃줄에 쫑쫑거리며
앉아 있는 참새들. 전깃줄을 퐁퐁 뛰는 참새들을 오선지 위의 음표들도 보
고 있다. 이런 참새들의 이미지는 또 전깃줄에 맺힌 빗방울들과 겹쳐지며
그 빗방울들이 뭉쳐 아래로 퐁퐁 떨어지는 "빗줄기의 리듬을 짓는다"로

발전하게 된다. 전깃줄 위 참새떼의 시각적 이미지가 빗방울이 떨어지는 소리인 청각적 이미지와 겹쳐진 공감각적 이미지를 자연스레 얻고 있는 것이다.

우리 온몸의 감각인 오감 중 어느 두 가지가 겹쳐진 공감각적 이미지는 대상과 우리가 별개의 것이 아니라 한 몸이라는 살가운 느낌을 주는 효과가 있다. 시각이나 청각 혹은 후각 등 어느 한 가지 감각만으로 대상이나 느낌을 형상화하는 것은 비유나 알레고리 등 수사적 차원에 머무나 공감각은 서정적 차원, 유비적 차원으로 확산돼간다. 이런 공감각으로 하여 시인은 하나의 연으로 나눠 단 두 행만으로도 앞 열다섯 행에 맞먹는 비중을 준 "내 남은 생의 노래는 여름 오후의/ 소나타"에서 그런 빗방울의 소나타와 한 혈족이 돼가고 있지 않은가. 생이 아무리 천둥번개 치는 장마 속일지라도 시원으로 흘러드는 경쾌하고 산뜻한 리듬인 원초적 생명력은 잃지 않겠다고.

> 한낮 동네 한 바퀴 어슬렁거림으로 걷는데
> 머리는 하나로 높이 감아 핀 꽂아 올리고
> 가벼운 옷차림으로 손지갑 하나 들고 걷는데
> 가슴 밑바닥까지 퍼붓는 소리의 화살촉
> 흠뻑 젖어보라 한다, 빈틈없이 뛰어 들어간
> 제과점 하얀 풍차 추녀 밑에 서서 손바닥을 내어 떨어지는
> 떨어져 흘러내리는 가쁜 맥박의 파편을 쥐고 있는데
> 사라져 버린다, 서서히
> 손바닥에 스며들어 보이지 않는 물줄기의 세포
> 짧은 역사가 우렁찬 함성으로 시작한 한 생의 전부가
> 손가락 사이로 흔적을 감추고 없다,
>
> 다시 쏟아지는 장대비

꽝꽝꽝 닫힌 문이 열리고, 문틈사이로 스며드는
햇살의 무늬
　　　　　　　　－「베토벤 교향곡 5번」 전문

　앞「곡조」의 후속편으로 읽어도 좋은 시이다. 이 시 역시 앞부분에 드러
나듯 평범한 일상에서 나온 시이다. 가벼운 차림으로 동네 한 바퀴 산책하
다 갑자기 장대비를 만나 얻은 시이다. 달갑지 않았을 장대비지만 시인은
특유의 감수성으로 "가슴 밑바닥까지 퍼붓는 소리의 화살촉/ 흠뻑 젖어보
라 한다"며 단박에 그 비와 일체가 된다. 하여 추녀 밑에서 비를 피하면서
도 흘러내리는 빗방울을 손바닥으로 받는다. "가쁜 맥박의 파편"이라며 자
신의 분신처럼. 그런 빗방울은 손바닥으로 스며들며 시인의 손금이 된다.
한 생의 역사, 비밀이 흐르는 물줄기의 세포로서 손금과 빗방울은 빈틈없
이 일체가 된다. 아 그러나 장대비로 우렁차게 시작했던 그 빗방울은 흔
적도 없이 손가락 사이로 빠져나간다. 우리네 손금도, 우리네 생도 그렇듯
이.
　시인의 시편들에는 이렇듯 산뜻하고 따뜻한 포옹의 묘사이면서도 그
밑바탕에는 실존의 한계상황에 대한 비극적 인식이 깔려있다. 그러면서
도 한계상황의 문을 열려는 베토벤 교향곡 '운명' 같은 박진감이 넘쳐난
다. 위 시의 소재 역시 그런 한계상황에 퍼붓는 장대비이면서도 인간으로
서의, 단독자로서의 숙명적인 한계를 극복하려는 베토벤 교향곡 5번 '운
명'을 감상하며 우러난 울림이기도 하다.

저문 하루를 종이 위에 앉히다가
가만히 손바닥을 펴 본다
분주했던 시간의 파편, 손금이
손바닥 가득 실금을 긋고 있다
얽히고설킨 실타래처럼

> 생의 조각들이 수놓아진 손바닥
> 어제는 무슨 일들이 모여 이 질곡의 금을 그려 놓았는지
> 오늘은 또 어떤 일들이 삶의 끈을 연결하고 있는지
> 이 나이에도 나는 내 生의 고단을 내려놓지 못하고
> 안절부절 등에 지고 있다
>
> (중략)
>
> 질긴 고뇌의 실금들
> 손바닥에서 빠져나가지 못하는
> 가엾은 뫼비우스띠의 흔적
>
> 　　　　　　　　　– 「하루」 부분

　자신의 손금을 직접 소재로 삼은 시이다. 하루의 일상을 일기에 적듯 손금에 대해 솔직하게 기술하고 있는 시이다. "질곡의 금", "생의 고단을 내려놓지 못하고", "질긴 고뇌의 실금들" 등에서 시지포스의 천형天刑 같은 비극적 세계관을 손금을 보며 그대로 드러내고 있다.

　이처럼 『메신저』의 시편들 밑바닥에는 단독자로서 유한한 인간의 비극적 세계관이 체험으로 깔려 있다. 자신의 삶의 일상을 진솔하게 들여다보는 성찰에서 비껴갈 수 없는 실존적 한계상황을 예민한 감수성으로 인상적으로 묘사, 진술해내고 있다.

◆ 한계상황에서도 유토피아 순수시대를 회복하려는 서정적 의지

> 다 썩어 뭉개진 검은 짚더미처럼
> 어렴풋한 남자가 허공을 보며 앉아 있다
> 앙상한 검푸른 얼굴이
> 견고하게 그려 놓은 말씀의 철학

'오고 가는 길이라네'
묵묵히 어두운 그늘 한 조각 그려주는데
그의 철학에 화답하며 왈칵 쏟아지는 눈물,
지폐 한 장 짧은 요기의 징검다리로 건넨다
'고맙습니다'
바람이 먼저 받아가는 음표
허공에 걸려 흔들리고 있다
남자는 하늘을 바라보며 눈을 감았다 뜬다
'지금 가고 있어요'
메시지를 전송하는가 보다

더 마를 데 없는 검은 앙상한 남자가
곧 스러지려나 보다
                                    -「메신저」 전문

　이번 시집의 표제작이자 서시序詩격으로 맨 앞에 올린 시이다. 이 시집 주제를 다 포괄해내면서 실린 시편들을 리드할 만한 비중이 있다고 보아 시인은 그리했을 것이다. 그러나 전반적 분위기가 어둡고 비참하다. 그냥 흔적 없이 스러지는 것이 뭇생명의 피할 수 없는 순리인 양 시를 끌고 가고 있다. 이 시에서 시인과 대상으로서의 "앙상한 남자"는 냉혹하리만큼 거리를 유지하고 있다. "-있다"를 반복하며 냉정한 어조로 대상의 현 상태만 있는 그대로 묘사하고 있다. "메시지를 전송하는가 보다"라는 방관자적인 어조까지 동원할 정도로. 이런 냉정한 어조와 묘사 속에서도 "왈칵 쏟아지는 눈물"이라며 기어코 대상에 스며들고야 마는 감수성이 이 시에 따스한 온기를 주고 있다. 가뭇없이 스러져야 하는 것은 살아있는 모든 것들의 순리이다. 그런 순리, 비극적 세계관을 있는 그대로 드러내기 위해 시인은 이렇게 건조한 어조를 쓰면서도 그 비극을 극복하는 감수성, 대상에 스며들어 하나 되기의 메시지, 전언傳言을 들려주고 있는 것이다.

> *4층 하수도 출입구*
> *통로를 기어 나온 살갗 헤진*
> *연체동물 한 마리 죽은 듯이 누워있다*
> *엷은 미동인가 싶더니 맥없이 주저앉고 만다*
> *칠흑 같은 어둠의 벽 부르튼 손으로 움켜쥐고*
> *안간힘의 폭풍우 헤쳐 에베레스트에 닿은*
> *물길 소리 붉다*
> *추락하고- 미끄러지고- 넘어지고*
> *의지할 등뼈 하나 없이 저물어가는 어스름*
> *스며든 어깻죽지에 묻은 울렁거림*
> *어둔 비가 부슬부슬 다독이고 있다.*
> *조금씩 깊어가는 눈물, 조금씩 잠기는*
> *한 생이 순간을 쥐고 통로를 빠져 나간다*
> *평생을 기어오른 폭풍의 동굴 속으로*
> *흔적 없이 쓸려나간 사람 하나*
>
> *– 「통로」 부분*

　수직의 하수도 통로를 기어올라 나와서 널브러져 있는 지렁이 같은 연체동물을 보며 쓴 이 시도 전반적으로 어두운 톤이다. 앞에서 살핀 「메신저」와 같이 한계상황의 숙명을 그리고 있는 시이다. "의지할 등뼈 하나 없이 저물어가는 어스름"이라며.

　처음엔 죽은 듯 누워 있는 "연체동물 한 마리" 묘사로 나가는 듯싶던 시가 아래로 내려올수록 "흔적 없이 쓸려나간 사람 하나"라는 인간의 숙명 묘사와 겹쳐지고 있다. 혼신의 힘을 다해 빛을 찾아 "칠흑 같은 어둠의 벽" 같은 하수도 통로를 오르다 죽어가는 연체동물에서 시인을 포함한 인간의 피할 수 없는 숙명을 보아내고 있는 것이다. "추락하고-미끄러지고-넘어지고"의 반복에서 살아있는 모든 것들의 피할 수 없는 동질적인 숙명을 읽어내고 있는 것이다. 그러면서도 피할 수 없는 숙명의 벽일지라도 "부르튼 손으로 움켜지고/ 안간힘"으로 오르려는 의지가 돋보이는 시이다.

"순명의 기다림/ 손가락 끝으로 건드리기 무섭게/ 소스라치며 일어서는/ 허공 하나". 집안 세면장 세탁기 옆에 그물망 집을 지어놓고 이제나저제나 먹이가 걸려들까 기다리다 허기져 스러져가는 거미를 그린 시 「허공 하나」 끝부분이다. 그런 "순명의 기다림"의 거미줄을 건드리는 찰나 허공 하나가 소스라치게 일어난다는 이 부분 표현이 가위 압권이다. 전체험과 예감과 운명이 손금같이 촘촘히 얽힌 거미줄 하나 튕기며 익어 터진 서정적 순간의 이미지이다. 흔적 없이 허공 속으로 스러지는 게 '순명順命'일지라도 끝끝내 그 허공마저도 빛으로 동화시키겠다는 시인의 서정적 의지가 드러나는 대목이기도 하다.

이미지를 현상학적으로 분석하며 현대 서정시론에 많은 기여를 한 프랑스 철학자 가스통 바슐라르는 이런 찰나의 서정적 이미지를 "한 편의 짧은 시 속에 전 우주의 비전과, 하나의 혼의 비밀, 그리고 여러 대상의 비밀을 동시에 드러내는 순간화된 형이상학으로서의 포에지"라고 불렀다. 그리하여 "포에지는 본질적인 동시성의 원리, 아주 확산되고 분리된 존재가 자신의 통일을 이루는 그런 원리가 된다"며 서정시를 '순간화된 형이상학'이라 부르기도 했다. 위 「허공 하나」의 마지막 대목이 이런 순간화된 형이상학으로서의 짧은 한 편의 포에지에 딱 들어맞지 않은가.

> 가는 筍과 筍의 결합
> 어쩌다 함께한 그 순간 이후
> 네 몸의 세포는 시간 저 후미에서
> 이제껏 어느 연구 논문에도 없는 신개발 種이라는
> 이름 없는 촉수의 허망을 쓰고
> 모순의 웅덩이에 발을 담근 채
> 숨죽이고 있는 게야

가슴께쯤 아래를 보면 순백의 순수로 웅집된
수분덩어리 임에 분명한데
머리 위를 바라보면 장미꽃잎 같은
싱싱한 겹겹의 초록 치마폭을 펄럭이고 있는 게지
무도 아닌 추白菜도 아닌 결집, 언젠가
개벽의 문이 열리고 내가 걸어가는 길 그 옥토에도
붉은 햇살의 열매 영글 수 있을까 -

너는 지금
금지된 숨을 쉬고 있는 게야
　　　　　　－「언젠가」 전문

　무와 배추를 접붙여 개발한 신품종 '무추'를 소재로 한 시이다. 무추를
'너'로 부르며 묘사해가고 혹은 대화체로 진술해가며 시인의 숙명도 거기
에 물들어가고 있다.

　아래는 "순백의 순수로 웅집된/ 수분덩어리"인 무, 위는 "장미꽃잎 같은/
싱싱한 겹겹의 초록 치마폭" 같은 배추. 하여 시인은 그런 무추를 무도 아
닌 배추도 아닌 결집, "모순의 웅덩이"로 보고 있다. 아, 그러나 이 모순덩
어리가 어디 무추뿐이겠는가. 우리 인간 존재의 상황도 그렇지 않겠는가.
겹겹의 치마폭 펄럭이며 살아도 가슴속 깊이 순백의 순수를 간직하고 있
는 존재 아니던가. 그 순수가 이 현실세계에서 결국은 허당이더라도 그걸
끝끝내 지켜내야 하는 게 시인의 숙명 아니던가. 너와 내가 이제 순하게
겹쳐지지 못하는 현실에서 다시 하나가 되기 위해 "금지된 숨을 쉬고 있
는" 자가 서정시인 아니던가.

　자아와 세계가 분리되기 이전의 세계, 울긋불긋 꽃대궐 성역에서 근심
걱정 없이 만물과 한 몸으로 어우러지던 유토피아의 신화세계를 오늘을
아등바등 살아가는 우리는 분명 기억하고 있다. 세계와 분리되기 전 우리
네 유년시절이 그랬고 오늘도 어린이들은 그런 신화세계를 살고 있다. 어

른이 돼 현실사회에 편입됐으면서도 그런 유년 시절, 순수의 시대를 여전히 꿈꾸며 살아가는 사람이 시인이다. 그리하여 너와 나로 갈가리 찢겨 아등바등 살아가는 우리에게 다시금 순수의 꿈을 환기시키며 삭막한 시대를 건네주는 것이 서정시의 효험 아니던가. 이번 시집은 일상의 어느 한순간에 시인의 전체험과 시간을 응축해 스며들게 하는 좋은 시편들을 통해 그런 서정시의 '메신저' 역할을 충실히 해내고 있어 든든하다.

◆ 서정적 유토피아를 열어젖히는 우주적 모성애

> 휘몰아치는 대한의 한파 속에서도
> 마른 잎 가지런히 몸에 붙여 펼쳐놓았다
> 지표면의 두께가 버들잎에 이는 바람보다 가벼워
> 뿌리에 닿는 결빙結氷의 옷 겨울 잎줄기를 펴 덮으면
> 장작불 지핀 아랫목처럼 어깨를 펴는, 뿌리가 훈훈하다
> 손끝에 닿아 쩍쩍 달라붙는 지상의 한기
> 검불 같은 몸으로 막아서는 혼신의 어머니
> 설원을 지나 초원에 닿기 위한 초인의 넋이다
> '조금만 참고 일어나 파랗게 돋아 올려라 내 생명이여'
> 조각난 햇살 햇살들 가지런히 끌어 모으는 일념,
> 해묵도록 넝마로 얼어붙는 조바심의 겨울 잎
> 봄으로 가는 길목 다독이고 있다
>
> 십이월 손이 시린 한낮 햇살이 겨울 냉이 잎 중심으로
> 모여 든다
> 　　　　　　　　　　　　　　　－「겨울 앞에서」 전문

'겨울 냉이'를 소재로 한 시이다. 대한의 한파 속에서도 땅에 뿌리를 굳건히 내리고 파릇파릇 잎을 피워가는 냉이를 어려울 것 하나 없이 그려나가고 있다. 뿌리까지 얼어붙은 겨울 추위의 절정에서 자라나는 냉이를 그

리고 있는데도 시의 전반적 톤은 따뜻하다. 겨울 벌판에 던져진 냉이를
쓰다듬는 시인의 모성애가 손끝이 쩍쩍 달라붙는 추위도 녹이고 있다.
"조금만 참고 일어나 파랗게 돋아 올려라 내 생명이여"라며 냉이를 자식
처럼 보고 푸릇푸릇 자라라는 모성의 염원. 그런 시인의 모성은 "한낮 햇
살이 겨울 냉이 잎 중심으로/모여든다"라며 삼라만상이 한 생명을 기르
기 위해 "혼신의 어머니"가 되는 우주적 모성애로 확장된다. 이번 시집에
는 어머니를 직접 다룬 '사모곡思母曲' 시편들도 보이고 또 편편에서 시인
의 모성애가 그대로 느껴지는 대목들이 눈에 많이 띈다. 여성에게 연연
히 이어져 내려온 모성애가 시적 대상에 스며들며 어떻게 따뜻한, 빛이
되는 서정의 세계를 펼치는지 잘 들여다볼 수 있는 시가 이 「겨울 앞에
서」이다.

> 검은 비닐 속
> 잊혀진 시간에 갇긴 감자 한 알
> 팔순 할머니 쪼그라든 아미의 주름살이다
> 그녀의 얼룩진 가슴으로 다독여 새겨온 생명줄 웅크린
> 작은 씨눈들이 허술한 몸의 귀퉁이에 모여
> 생의 마지막 달음질로 뾰족, 뾰족거린다
> 제 살을 버려 키우는 생명의 순殉
> 생육이란 겨우 피육皮肉에 의지할 뿐인 것
>
> 얇은 접시 위에 물 한 모금 올리고 내려놓았다
> 등 푸른 바다 위에서 기력을 잃은 씨눈이 유영을 시작한다
> 순하디순한 더듬이로
> 꽃의 후손들이 뿌리를 뻗기 시작하고
> 어느새
> 실한 줄기의 잎새들 푸른 파도로 출렁거린다
>   - 「순殉 2」 부분

● 작품 해설 _____

새 눈이 터 오르는 묵은 감자 한 알을 소재로 한 이 시에도 모성이 잘 드러나고 있다. 인용된 부분 앞 연에서는 주글주글한 제 몸을 짜내 새 생명을 싹틔우는 감자에서 사라지지 않고 연연이 이어지는 생명의 영원성과 함께 그걸 가능케 하는 '헌신의 어머니'의 구체적 이미지를 볼 수 있다. 뒤 연에서는 그런 모성애로 시인도 직접 참여해 생명을 가꾸고 있다. 그런 감자 순에 물을 주어 기르는 시인의 능동적인 모성애가 잘 드러나고 있다. 이렇듯 시인 특유의 모성애는 생명 순환, 삼라만상을 생육하는 우주 순환의 원리와 순하게 일치되며 우주적 모성애로 확산되고 있는 것이다.

> 어머니 제상을 물린 언니가 주섬주섬 봉지를 만든다
> 어머니의 손맛을 그대로 복제한 손끝으로
> 나물이며 호박 고구마 부침개 골고루 챙기더니
> 큼지막한 조기찜 한 마리 조심스럽게 담는다
> 주고 주고도 더 주고픈 저 가슴 속엔
> 종달새의 노래를 부르는 맑은 시냇물이 흐른다
> 마음을 준다는 건 무엇일까
> 가슴을 열어 손 데일 듯 뜨거운 입김 하나씩 건네주는 일
>
> — 「시냇물 소리」 부분

어머니 제삿날 모성에 대해 다시금 생각해보고 있는 시로 읽을 수 있다. 맛있는 음식을 아낌없이 주던 모성애는 어머니에서 이제 언니로 대물림되고 있다. 그런 언니를, 모성애를 시인은 "주고 주고도 더 주고픈 저 가슴"이라 하고 있다. 그런 가슴이, 모성애가 있기에 "종달새의 노래를 부르는 맑은 시냇물이 흐른다"고 하고 있다. 모성애가 이 디스토피아 현실세계를 여전히 유년의 신화시대 유토피아로 가꾸고 있는 것이다. 그러면서 시인은 그런 가슴, 마음, 모성애를 준다는 것은 무엇인가 다시금 물으며 "가슴을 열어 손 데일 듯 뜨거운 입김 하나씩 건네주는 일"이라 자문자답하고 있다. 이 대목에서 우리는 대상에 스며드는 시인 특유의 예민한 감수성에

는 이런 모성애가 바탕이 되고 있음을 알 수 있다. 하여 좋은 시편들이 한 계상황의 이 현실에서도 서정적 유토피아를 열 수 있는 빛을 발하고 있는 것이다.

> 하늘에 닿는 줄 모르고
> 제 키를 키우던 바라기 식물이
> 엷은 바람결에 몸 잡혀 흔들리고 있다
> 거두어들인 가을 주섬주섬 보따리에 이고
> 오일장터에 나앉은 어머니 가슴으로
> 달게 익어가는 씨방의 씨알들 고개 숙여 수행중이다
> 한 그루의 씨앗이 흙에서 지상으로 끌어올린
> 어머니, 어머니로 잇는 숨결 저토록 간절하게
> 머리 끝 허공에 이고, 가쁘게
> 바스락 말라가는 일
> 젖은 눈으로 바라본다
>
> 가는 줄기로 솟아오른 해바라기 빈 하늘 높이 끝
> 바람 앞에 흔들리는 맑은 종소리
>   - 「저녁 길」 전문

  줄기는 말라 죽어가면서도 머리 위에 인 꽃판 씨방에서는 씨앗들을 잘 영글게 하고 있는 해바라기에서 모성애를 느끼고 있는 시이다. 아니 다시 금 읽어보니 그런 해바라기를 그리고 있는 시행마다에 시인이 스며들어 있다. 시인의 모성애가 스며들어 대상과 그대로 일치하고 있는 이 시는 시 인의 그런 가슴, 마음을 그대로 그린 서정적 자화상으로 읽어도 좋을 것이 다.
  시인은 자신의 시에 대해 "해를 바라는 해바라기가 되어 까치발을 하고 새 아침 눈부신 빛살로 부딪치는 개벽의 울림을 꿈꾼다"고 한 적이 있다.

그렇다. 위「저녁 길」마지막 대목을 보시라. 그것이 비록 빈 하늘, 허공일지라도 가는 발로 높이높이 까치발로 서 맑은 종소리를 내고 있는 해바라기의 모습을. 아니 시인과 시의 모습을. 그런 시가 내는 종소리는 눈부신 빛살로 부딪치는 개벽의 울림 아닐 것인가. 이번 시집『메신저』는 우주적 모성애에 바탕한 시인 특유의 감수성으로 너와 내가 분별없이 어우러지는 그런 서정적 유토피아의 울림을 전하고 있다. 실존의 한계상황인 현실에 발붙이고 있으면서도 그런 서정적 유토피아를 향해 까치발 모둠을 하고 있는 시인의 시혼과 갈수록 더 산뜻하고 깊어지는 감수성에 박수를 보낸다.

메
신
저

지
연
희

일곱 번째 시집